大老虎自白

　　我没想到当王，可不知谁把"王"字写到了我的额头上——不当也得当。

　　我虽凶猛，却有母爱，人称"虎毒不食子"——我骄傲。

　　我虽在生肖里排行老三，可人们却称我"特别生肖"，看来我的地位非同一般——我自满。

　　我不是"纸老虎"，可不知何时，竟背上了这么一个臭名——很伤自尊。

　　我从不轻易上当，可曾被狐狸耍了一把，我已把此事告诉了儿女们——引以为戒。

　　听说在远古的时代，我的地位比龙还高，可后来就不如人家了，于是就有了"龙上天，虎落地"之说——我没怨言。

于平、任凭

2009 年 7 月 5 日

 （涂出你心目中的大老虎吧！）

图书在版编目（CIP）数据

虎年的礼物 / 于平，任凭编绘 .—北京：新世界出版社，2009.11
ISBN 978-7-5104-0669-0

I. 虎… Ⅱ. ①于…②任… Ⅲ. ①剪纸—作品集—中国—现代 Ⅳ.
J528.1

中国版本图书馆 CIP 数据核字（2009）第 199164 号

虎年的礼物

编　绘：于　平　任　凭	主　编：赵镇琬
责任编辑：邓淑贤　刘彦辰	责任印制：李一鸣　黄厚清
封面设计：亿点印象	整体设计：步印文化

出版发行：新世界出版社

社　　址：北京西城区百万庄大街 24 号（100037）

发行部：（010）6899 5968　　（010）6899 8733（传真）

总编室：（010）6899 5424　　（010）6832 6679（传真）

http://www.nwp.cn

http://www.newworld-press.com

版权部：+8610 6899 6306

版权部电子信箱：frank@nwp.com.cn

印刷：北京东方宝隆印刷有限公司

经销：新华书店

开本：636×939　　　　1/12

字数：30 千字　　　　印张：5

版次：2009 年 12 月第 1 版　　2009 年 12 月第 1 次印刷

书号：ISBN 978-7-5104-0669-0

定价：36.80 元

虎年的礼物

【剪纸中国·听妈妈讲老虎的故事·画说寅虎】

于平　任凭 / 编绘

赵镇琬 / 主编

新世界出版社
NEW WORLD PRESS

妈妈娃娃坐灯下，
《画说寅虎》手中拿，
边看书来边拉呱（lā guǎ，聊天），
了解一下虎文化。

在那遥远的古代，虎的威猛受崇拜，
古人拜虎为图腾，历代古籍有记载。

早在石器的时代，龙虎同受人崇拜，
同拜龙虎为图腾，龙虎并行到汉代。

人称华夏龙为祖，华夏之祖还有虎，
龙虎合一伴华夏，龙虎同为华夏祖。

虎手勾儿物

四

虎在古代受崇拜，虎之信仰传下来，
虎之文化包万象，画说寅虎话打开。

老虎自古住山上，山中百兽它为王，
虎跑如飞身敏捷，虎啸如雷震山响。

里海虎爪哇虎等
印度支那虎
巴厘虎
东北虎华南虎

虎的科类属猫科，虎的亚种有八个，
虎的别称叫於菟（wū tú），虎的数量已不多。

虎属食肉之动物，牙齿粗壮很坚固，
利爪锋利可伸缩，捕食凶猛会掩护。

虎虽凶猛却护崽，对待幼崽很关爱，
人称虎毒不食子，细心哺乳下一代。

虎的全身都是宝，虎骨虎皮是良药，
就连老虎的胡须，治人牙疼有良效。

现今老虎已稀少，濒危动物国家保，
严禁猎捕有法律，虎的家园保护好。

说完老虎的属性，再说生肖大家庭，
虎排生肖第三位，人称寅虎好威风。

寅虎生肖大家爱，为生虎娃早安排，
虎娃还在妈肚里，虎爸虎妈笑口开。

初生虎娃到人间，全家欢喜都开心，
姥姥送来虎头枕，奶奶送来虎围巾。

大姑送来虎头帽，二姑送来虎棉袄，
大舅送来虎肚兜，二舅送来虎叫叫。

爸爸拿来泥叫虎，双手一拉响咕咕，
妈妈拿来虎香包，艾草香味飘满屋。

虎娃一身虎打扮，虎娃名称不虚传，
人说虎虎有生气，人称虎娃不一般。

说完虎娃说虎神，虎神镇宅力无边，
镇宅神虎贴门上，保家护院安人心。

镇宅神虎挂中堂，一副对联贴两旁，
上联"神龙藏深渊"，下联"猛虎步高岗"。

再画一张猛虎神，全力守护聚宝盆，
守宝虎神贴米缸，五谷丰登有金银。

还有财神赵公明，骑虎降财天下行，
还有镇邪张天师，家家户户都崇敬。

艾草龍驱毒虎龙

避邪

西虎

者结合称为艾虎

说完虎神说民俗，虎的俗信在端午，
五月五日端午节，艾虎走进千万户。

五月季节近夏暑，蚊蝇孳生虫有毒，
俗称五月为毒月，人们请虎来除毒。

门楣 采来艾草挂 初五再贴另扇门

五月初一小端午，艾虎剪纸贴门户，
初一先贴一扇门，初五迎来大端午。

端午之日剪老虎，剪只老虎吃五毒，
五毒剪在虎肚里，象征五毒被虎除。

端午之日备雄黄，娃娃额头写上王，
王字代表大猛虎，毒虫不敢爬身上。

端午之日绣香包，艾虎香包放进药，
香包挂在娃胸前，除毒玩赏妙又妙。

端午之日剪葫芦，葫芦里面剪艾虎，
葫芦外面剪宝剑，俗称除毒三宝物。

端午之日细梳妆，丝绒小虎插髻上，
妇女头戴老虎花，毒月毒日壮胆量。

水乡船上有人家，布虎葫芦系娃娃，
娃娃一旦落水中，有虎保佑不害怕。

狐假虎威

狐狸称王老虎上当

兽逃鸟飞

虎威

说完民俗说寓言，寓言故事道理深，
虎的寓言有代表，狐假虎威成经典。

寓言还有黔（qián）之驴，个头虽大心里虚，
本事只有踢和叫，黔驴技穷成悲剧。

说完寓言说神话，《山鬼》故事属精华，
山中有位大美女，与虎为伴震天下。

还有一位虎神仙，长着虎首人的身，
《西游记》里斗悟空，名叫虎力大神仙。

说完神话说谚语，虎的谚语不胜举，
先说坐山观虎斗，旁观得利不言语。

后说调虎离山计，幕后高人耍把戏，
用计调虎离山冈，虎落平川被犬欺。

说完谚语说成语，经典故事成名句：
"三人成虎"假成真，"谈虎色变"脸变绿。

"虎口逃生"极侥幸，"虎口拔牙"冒生命，
"放虎归山"欠思量，"与虎谋皮"不可能。

还有虎的歇后语，前后对照令人喜：

老虎拉车——没人赶，老虎头发——没人理。

虎逮耗子——不择食，照猫画虎——差不离，
老虎屁股——摸不得，骑在虎背——不由己。

画说寅虎长又长，读书拉呱半晚上，
娃娃快快去睡觉，做个好梦别尿炕。

作者问答

俺俩属虎，
一公一母。
在家弄么？
在家画虎。
画虎弄么？
画虎出书。
出的么书？
《画说寅虎》。
书里有啥？
自个看吧。
看完干啥？
看完教娃。
嘻嘻嘻嘻，
哈哈哈哈。

作者自述

俺俩人，属老虎，

一个公，一个母，

俩人在家画老虎，

一画画了半晌午。

不画头，不画爪，

专画耳朵和尾巴，

画完老虎唱老虎，

俩虎乐得笑哈哈。

一只老虎跑得快，

两只老虎飞起来，

一只长着小耳朵，

一只长着大尾巴，

不奇怪，不奇怪。

于平，男，1962年生，山东荣成人。任凭，女，1962年生，山东高密人。他们已出版的画册及儿童读物有《牛年的礼物》、《老鼠，老鼠》(《鼠年的礼物》)《老鼠嫁女》《吉祥百图》《自说自画忆童年》、《风土情》、《春节特展》、《识字儿歌》、《寓言故事》、《中国传统节日》、《宝宝同乐园》、《于平、任凭版画作品集》等四十余册。最近还设计了2008鼠年生肖邮票及2009牛年邮政有奖信卡及信封邮资图。

虎的俗信

在我国，有关虎的俗信很多，分布也很广，几乎遍布大半个中国。下面我们分几点来简单地叙述一下。

一、特别生肖

虎在十二生肖中居位第三，并且被人们称为"特别生肖"。为什么特别呢？这要从虎的自然属性谈起。在人们心目中，虎的属性有两种：一是力量的象征，二是凶恶的象征。人们崇慕虎的雄壮，又恐惧它的凶恶，便产生了既惧怕又崇拜的心理，这种心理在中国虎文化中称为"矛盾的综合体"，它反映了我国民众的信仰和心理愿望。正由于这种信仰，而产生了与众不同的虎肖习俗。民间认为，虎年出生的孩子会像老虎一样威猛雄壮，是吉祥的象征，往往还以虎字来取名，如"虎子"、"虎娃"、"虎妞"、"虎女"等等，认为属虎的孩子命大好养。

虽然肖虎令人羡慕，在某些场合却又颇多忌讳，比如在婚嫁的场合，属虎的人都要避开，家里的猫狗等动物生产，属虎的人也要回避。据说如果属虎的人看了新生的小猫，母猫就会把小猫叼到隐秘的地方去。因为虎肖既被人羡慕，又被人忌讳，所以虎肖被称为"特别生肖"。

二、虎神

被称为"兽中之王"的老虎，是山林中最凶猛的野兽，不但百兽怕它，人类也是"谈虎色变"。也许正由于此，我国古代敬虎为神，列虎为四方神之一，在民间也常被作为镇宅祛灾的神灵。从古到今，有关虎神的传说很多，唐代就有"白虎星"下凡的传说。现在一些道观的山门内，常可以看见一左一右两位威武的神将塑像，左边是青龙神，右边是白虎神。

长期以来，人们赋予虎神种种神圣的职能，认为虎神能分辨善恶，能避妖祛邪，能保护孩子们成长，能保护人们居住安宁，还能给人间带来吉祥。因此，虎成了民间世代相传的"吉祥物"。现在在民间见到的虎神形象，大都是木板年画中的"镇宅神虎"。内容上也有所变化，例如，山东有用于避邪护生的"母子虎神"；陕西有贴在内室小门上的"娃娃戏虎"小门画；福建有守护聚宝盆的"守宝虎神"，民间习惯贴在米缸和钱柜上。除此之外，华北还有财神赵公明骑虎的门画，江南还有张天师骑虎镇邪的年画。除了木板画以外，民间剪纸、刺绣、服饰、玩具等也有许多表现虎神的内容。

三、婚姻生命的象征

被民间视为吉祥物的虎神，同时还被视为生命与婚姻的象征。唐人有一则"虎为媒"的传说故事，大意是这样：唐乾元

初年，史部尚书张镐把女儿许给了越客，相约来年成婚。不料不久之后，尚书被贬官，因此十分担心女婿来年不会来娶亲。到了迎娶那一天，张镐知道越客如期赶来赴约，正在途中。他设宴准备欢迎女婿，不料，忽然有一只猛虎跑出来，将他女儿衔走，直接送到越客旅居的地方，于是顺利成婚。民间曾有人建造"虎媒祠"来纪念这件事。这个传说又给虎神增加了一个象征婚姻与生命的根据。

如今在民间还有许许多多以虎来象征婚姻和生命的习俗：在陕西洛川，男女双方定婚的时候，男方要蒸两个大面虎，用红绳系脚，送给女方，表示婚姻从此开始。过年时，家家还要蒸"人口老虎"，意思是希望人的生命像虎一样旺盛；在山西晋南，人们结婚时所贴的双喜剪纸，上有六只老虎，象征新婚男女和生儿育女；在河南淮阳人祖庙会所见的草帽老虎和双身老虎，也是生命繁衍的象征，赶庙会妇女向"人祖"祈求子女时，买几件泥布老虎供在"人祖"像前作为许愿，再买几件带回家中，祈望新生命到来。在安徽、河南等地，人们喜欢剪一只双身的剪纸老虎；山东潍坊还有一身六头的布玩老虎——这些都象征婚姻的结合与生命的繁衍。湖北新婚夫妇的帐沿上，要倒挂布制虎头蝉身的饰物，叫做"蝉虎"，意思是生命蝉联不绝；山西、山东、陕西民间还有鱼虎结合的民艺造型，是生命的象征。

（涂出你心目中的大老虎吧！）

四、娃娃护神

　　象征生命与婚姻的虎神，在民间还是"娃娃的护神"。每当春节到来之前，妇女们总是聚在一起，剪老虎窗花。她们还穿针引线，给孩子们做美丽的虎头帽、虎头鞋、虎头棉手套和虎头枕。作母亲的总喜欢把自己的孩子从头到脚打扮成小老虎的模样。一针一线都表达了母亲祈望虎神保护孩子们长大成人的心愿。以虎神作为娃娃的护神，在民间也有不少的习俗：孩子满月或过生日的时候，母亲要用白面为孩子蒸虎馍，姥姥要送孩子虎头帽、虎头鞋和虎头枕，还要为孩子做个布老虎给孩子玩。山东微山湖的船上人家，恐怕孩子落水，就用一条红布扎在孩子腰间，红布的一头系着葫芦，有漂浮作用，另一头系上小虎头，表示虎神保佑。

　　五月五端午节，用雄黄酒在孩子额头画"王"字，俗称"虎头王"，也是用虎神来保佑孩子不遭五毒侵害。民间端午节还有穿"五毒衣"，戴"艾虎香包"的习俗。五毒衣上有彩线绣成的"虎吃五毒"；艾虎香包里要填充艾叶和香草，挂在孩子的背后或胸前。孩子从小到大，几乎每天都与虎打交道，老虎无疑是娃娃的保护神。

五、端午艾虎

　　五月端午，时令近盛夏，古时称"毒月"，是蚊蝇孳生、疾病蔓延的季节。古人发现，艾叶能

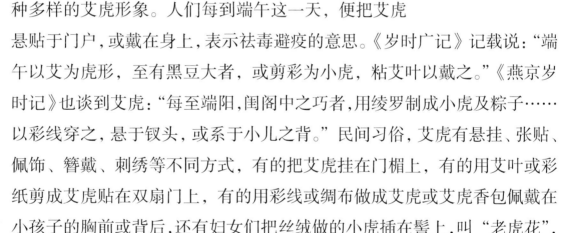

够去积败毒，而虎能避邪，所以民俗便把艾叶与虎结合在一起，名叫"艾虎"。"艾虎"的前身叫"艾人"，到宋代才转化为"艾虎"，成了张天师的坐骑。民间有这样的歌谣："五月五日午，天师骑艾虎，五毒化灰尘，妖邪归地府。"张天师是第一个以菖蒲为剑，艾叶为虎，收瘟祛毒的天师，后来民间省略了天师形象，艾虎便代替了天师的全部职能，经过历代无数艺人的编结刻画，形成了多种多样的艾虎形象。人们每到端午这一天，便把艾虎悬贴于门户，或戴在身上，表示祛毒避疫的意思。《岁时广记》记载说："端午以艾为虎形，至有黑豆大者，或剪彩为小虎，粘艾叶以戴之。"《燕京岁时记》也谈到艾虎："每至端阳，闺阁中之巧者，用绫罗制成小虎及粽子……以彩线穿之，悬于钗头，或系于小儿之背。"民间习俗，艾虎有悬挂、张贴、佩饰、簪戴、刺绣等不同方式，有的把艾虎挂在门楣上，有的用艾叶或彩纸剪成艾虎贴在双扇门上，有的用彩线或绸布做成艾虎或艾虎香包佩戴在小孩子的胸前或背后，还有妇女们把丝绒做的小虎插在髻上，叫"老虎花"，有的则用彩线在衣物上绣出艾虎形状，最常见的是小孩的肚兜。

端午悬饰艾虎，是端午节的重要习俗，艾虎便是端午节的应景节物。人们年复一年地制作艾虎，不仅为了求得心理上的慰藉，也是一种群众性的艺术活动。艾虎流传到如今，已经成为精美的民间美术工艺品了。

于平、任凭（原载台湾《国语日报》儿童民俗版 1992 年 8 月 1 日）

于平 任凭／文

《虎年的礼物》
导读手册

小朋友，
数一数，
究竟有几只
小老虎？

小编寄语

开卷大吉！祝你和你的家人、朋友们虎年行大运！人人都像老虎那样生生猛猛！看到这本导读手册，说明这本《虎年的礼物：剪纸中国·听妈妈讲老虎的故事·画说寅虎》已经顺利到达你的手上。呼！作为编辑的我也很有成就感呢！但我相信世界上最开心的那两个人一定还是作者于平、任凭。

我认识的于平、任凭，是两个专注于自己艺术世界的人，他们的这本新作《虎年的礼物》是没日没夜地画了近3个月才做成的，导读手册也写了整整半个月，下的功夫不能说不深。因此，作为他们三套生肖剪纸图画书（《牛年的礼物》、《老鼠、老鼠》和这本"老虎书"）的责编，我也感到自己有义务跑过来，就这本书的使用说几句。

首先，这是一本"全龄绘本"，适合所有的小孩和长大了的小孩（大人们）来读。

其次呢，这本"老虎书"介绍了中国的虎文化——在民间的传统里，老虎既和生肖、财运、一家平安相关，又和毒月保健（"艾虎"）相关。所谓"一年之计在于春"，虎年了解虎文化之余，你还可以把书中介绍的旧时民俗引进到生活中，进行新年祈福（比如说，剪下我们随书附赠的"守宝虎神"的图样贴到米缸上呀，在农历五月做有祛毒效果的香包呀等等）。

再说亲子共读。书中介绍了虎文化的方方面面，导读文字字数也不少，但是不要把"绘本"当成"课本"哦！作者们仅用四十页的图画和每页四句的童谣来介绍虎文化，本身就是"举重若轻"——轻松、有趣，才是绘本阅读的"正觉"呢！

最后，最值得推荐的阅读方式就是静心品读了。试着像作者创作时那样摇头晃脑地（是不是有点吟诵的味道？）朗读书中的童谣，细细欣赏书中的剪纸图画，体味中国虎文化中呈现的你我心底的愿望吧！

 适合全家人分享的虎文化图画书

目 录

虎年到 /2
——致喜欢本书的你

"画里画外" /3
——四十个画面，一一为你解说

一、虎的崇拜 /3

二、虎的属性 /8

三、虎的生肖 /12

四、虎的信仰 /19

五、虎的民俗 /25

六、虎的寓言和神话 /35

七、虎的谚语、成语、
歇后语 /40

撰文：于平、任凭

虎年到

——致喜欢本书的你

牛年走，虎年到，
贺岁虎书出版了（liǎo），
两位作者都属虎，
俩虎画虎真凑巧。

虎年到，娃娃笑，
贺岁虎书读过了（liǎo），
书里讲了虎文化，
里面还有虎生肖。

虎年到，妈妈笑，
贺岁虎书网上找，
坐在家里不出门，
打开电脑瞧一瞧。

虎年到，爸爸笑，
贺岁虎书他不要，
书里看虎不过瘾，
要去山里瞧一瞧。

一家三口出了门，
一路小跑往山奔，
山上老虎见不到，
一家三口齐声叫：

"一二三四五，
上山打老虎，
老虎没打着，
打着小松鼠……"

2

画里画外

——四十个画面，一一为你解说

有位画家朋友曾说，"画"这玩艺儿作者不能自己去解释，应该给观众留些想象空间。

这话有道理。

所以，我们极少去解释自己的画，或许读者朋友会读出我们意想不到的内容来。

不过今天破例。我们试着把此书画里画外的一些创作想法告诉大家，不知效果如何？试试看吧。

我们将按书中的顺序一页一页地讲下去，现在，先来看第一个虎的主题吧。

一、虎的崇拜

（正文第一页至第四页）

第一页

"天圆地方"表现老虎崇拜

　　画面上"外方内圆"的构图借用了古人"天圆地方"的概念。古人以天为大，又崇拜虎的威猛，拜虎为图腾，所以我们将虎的图形放在画中心的圆形内。周围有一圈人在舞蹈，他们其实来自史前新石器时代的彩陶盆，而虎的造型源自汉代瓦当。在长方形底纹上，用竖线将画面分割开来，既借鉴了古代竹简和古线装书的形式，又仿照象形文字及甲骨文，在底纹上自创了一些符号。这些自创的符号只是我们自己的想象，力图表现远古时代自然界中的景象，包括人虎鸟兽等等。对这些符号的理解，大家也可以任意自由地想象。

　　画的色彩选用了古朴的墨绿色做底，有绿色大地之意；圆形里以黄色旋转纹剪出太阳之形状，衬以暗红色，再配以土黄色的人、黑色的虎，使画面产生古旧之感。

西汉《居延汉简》(居延遗址出土；竹简：春秋至魏晋时代的书写材料)

舞蹈纹彩陶碗(新石器时代，马家窑文化水器，青海上孙家寨出土)

4

甲骨文"虎"

第二页

龙虎并行在大地上

这是一幅"方中套方"的构图,两个方形都象征着大地。虎的造型,借鉴了史前新石器时代贺兰山岩画虎。岩画就是远古时代,古人在岩石上刻下的图画。

而龙的造型,借鉴了河南濮阳出土的"贝堆龙虎图",它距今已有六千多年的历史,也是史前新石器时代的遗存。背景图取自史前新石器时代大汶口文化陶尊上"日、月、山"符号。运用这三种史前同一时代的图纹符号,共同来表现"龙虎并行"的含义。

这幅图的外围底纹,是我们依据金文特点自创的符号。这些符号以人物的各种祭拜动态为原型:有的拜天,有的拜地,有的手持器物,有的肩扛礼器,还有的骑马。除此之外,还有"日、月、风、云、电,金、木、水、火、土"等符号,你可以试着找一下,也可以自由想象这些符号的含义。

四神瓦当之白虎(西汉长安城遗址出土)

带字陶尊(山东泰安大汶口出土)

5

第三页

龙上了天，虎落了地

　　据考古发现：早在新石器时代，就留下了古人对龙与虎崇拜的印痕，如古代岩画、墓葬"贝堆龙虎图"，以及陶器、青铜器等等。在我国史前石器时代，古人对虎的崇拜并不次于对龙的崇拜，虎甚至比龙的地位还高，在商周青铜礼器的纹饰中，还是"虎显龙隐"。后来，"龙虎合一，龙虎并行"的崇拜逐渐形成，并且发展了很长时间，直到秦汉时期，人们才把龙正式定为君王权力的象征。从此，龙的地位就有了一个巨大的飞跃，而虎却隐身到了广大的民间，逐步成为百姓崇拜的神物了。由此，便有了"龙上天，虎落地"之说。

　　现如今，我们只习惯称中华民族为"龙的传人"；实际上，我们也应自称为"虎的传人"——龙虎合一伴华夏，龙虎同为华夏祖。

　　第三页仍然延续了前两页的构图形式，并将前两页的圆和方融合到了一起。在圆中画龙表示"天"，在方中画虎表示"地"，两者有重叠，意谓"天地合一，龙虎合一，龙虎并行"，同时也有"龙上天，虎落地"之意。

　　画面中的龙虎造型，借鉴了汉代瓦当的造型特点。选择篆字作为底纹，并用篆刻印章作为构成元素，也是为了表现秦汉的时代特色。这样就与前两页在时代感上有了区分，并将时代逐渐拉近：第一页是远古的象形文字及甲骨文；第二页是来自殷商的金文；而第三页就已经有"秦八体书"的篆书特点了。

↑明黄纱平金彩纳金龙单朝袍（清光绪帝夏用朝袍）（龙在封建时代被作为帝王的象征）

新春"门笺"的一种，其中的"福"字被放在菱形图形内。

第四页

"画说寅虎"的序言到此为止

菱形，是民间比较常见的吉祥图形，如春节贴的"福"字，婚礼贴的"囍"字，用的都是菱形。

此页选用了民间比较常见的"双身虎"图案。它早在商代就已出现，四川广汉三星堆出土的巴蜀龙虎尊和安徽阜阳出土的商代青铜器龙虎尊上都能看到。近代民间儿童日用品上则见得更多，如虎头鞋、虎头帽、虎肚兜、虎围嘴等等，流传区域很广，几乎覆盖全国。民间称双身虎为"二虎争头"，更为形象。据专家考证，古代的双身虎是一种生殖崇拜的象征，一虎双身有两性交合之意。因此，我们在双身虎图案的两侧，特意加上了两个小虎头，意为双身虎孕育的下一代，有生命延续不断的含义。

此页仍延续了前三页的竖线分割构图，并用篆字写了"虎之信仰，虎之文化"八个字。画面的四个角，剪刻了四枚篆字印章"话说寅虎"，以此作为四幅图画序言的结尾，同时也作为此书正文的开篇。

金文   篆文

下为正文前四页图画的构图示意图

《虎年的礼物》的信息量是不是太大了？

当然，有一个问题我们也想到了：这四幅作为儿童读物内容是否过于深奥？信息量是否过于大？这一点我们没有疑虑。就像涂志刚先生在《牛年的礼物》导读手册中说的："至于说到信息量太大的问题，我的想法是，《牛年的礼物》这样的书，本来就不是要一下子读完或者只读一遍就拉倒的，它需要妈妈和孩子一起去重温，每次重温，都会发现新鲜的故事，那该是多么美好的一种体验呀！……最重要的，是孩子对书的兴趣，今天我们忘记说的，明天他自己都能找到。"

我们希望，孩子们每次重温，都会发现新鲜的故事，即使今天没有读懂，相信他明天是会读懂的。

我们更期望，这册小小的《虎年的礼物》(《画说寅虎》)，能给孩子们留下一个小小的印记，将来或许会有所启发。

二、虎的属性
（正文第五页至第十页）

活泼泼的老虎来了

　　画面从第五页开始活泼了。

　　不过，为了与前四页有所连贯，我们还是收了一下手脚，让活泼放慢一点。

　　此页仍然沿续了前四页的竖线分割式构图，只不过加宽了竖线的间隔距离。竖线之间仍然借鉴远古的象形文字，再一次自创了一些符号：既有飞禽走兽，又有人马山林；除了天上的月亮和水中的鱼，还有几种连我们自己也分不出的，像鸟，也像兽。

　　此图的底色，用了带斑点的虎皮宣。这种宣纸在我们家的箱子底下放了近二十年，这次也捣腾出来了。图的背景，仍然借鉴了远古陶尊上的"日月山"图纹，并且采用红黄蓝三种不同颜色拼贴，除黄色之外，红与蓝二色都选择了纯度很低的色纸，以表现"老虎自古住山上"的意境。

　　此图的两种构成元素——象形符号及"日月山"图纹的重复使用，是我们的特意安排，为了与前面的"图画序言"连贯和承上启下。

龙凤虎纹绣罗单衣（战国中期，江陵马山1号墓）局部纹样，本页的老虎据此创作。

　　图中的老虎造型也是古代的，借鉴的是战国时期"龙凤虎纹绣罗单衣"上的虎之造型。虎的身下还有两圆一方的篆刻印章"山中王"，确切地说是篆剪印章，因为在此书中的所有印章图形都是用剪刀剪出来的，称之为"篆剪"是我们个人所谓，没经过专家认可。

　　图咱们讲完了，那就读一下文字吧。

　　在读这页的文字时，孩子们可以加重开头两个字"老虎"的发音，并适当拖长："老虎——自古——住山上，山中——百兽——它为王……"听一听，是不是有点远古的味道？你再摇头晃脑地读一遍试试。

摇

头

晃

脑

我们在写书中童谣的时候，经常会像孩子一样，在家摇头晃脑地读着每句谣词；像唱歌一样，有节奏，有抑扬顿挫，有高低起伏，还有口型的变化。这样可以一遍遍修改歌谣里不适合的字词，直到读着顺口为止。童谣与诗歌毕竟不是一回事，它不用像诗歌那样用词深刻，也不需像诗歌那样追求诗情画意，更不需要像诗歌那样富有华丽的词汇。我们甚至讨厌华丽，喜欢那种土得掉渣的词语。童谣，就是童心的反映，要用孩童的口吻去说去唱，要像对邻家小妹说话一样，那么直截了当。童谣，不是用眼睛看的，是要用嘴巴来读的，要顺口，如果不顺口那就别扭了。

当然，虽然我们也曾写过一些童谣，但那只能算是一种酷爱，对童谣创作而言，我们还是门外汉。两个门外汉来说门里的事，难免有说漏嘴的地方，好在大家互不见面，说漏了也不会当面挨批的。

写童谣

绕口令《虎和兔》（民间童谣）

坡上有只大老虎，
坡下有只小灰兔，
老虎饿肚肚，
想吃灰兔兔。
虎追兔，兔躲虎，
老虎满坡追灰兔。

兔钻窝，虎扑兔，
刺儿扎痛虎屁股。
气坏了虎，乐坏了兔，
饿虎肚里咕咕咕，
笑坏窝里小灰兔。

鹿

林

鸟

甲骨文

第六页至第十页

如果读者朋友对虎的自然属性还有兴趣，可以再到网上去搜一搜。或许大家能看得出，这几页的图开始有些活泼了，而且一目了然。虎的造型不再依据或借鉴古代的图案了，开始出自我们自己的创意了。

我们没有完全按照自然界中真实的虎去描绘，而是依据民间各种艺术品中对虎的理解，从民间年画、玩具、刺绣，以及民间剪纸中去吸取营养，从而创作出属于我们自己绘画风格的虎图。

我们心目中的"像老虎的老虎"

在这里给大家讲个故事。好多年前，北京某美术学院请了六位陕北剪纸高手来表演剪纸。剪纸高手是六位老大娘，最拿手的都是剪老虎。表演结束后，院领导问她们，来北京最想看什么？大娘说，剪了大半辈子老虎，却从没见过真老虎，想去动物园看看真老虎。院里派车拉着她们去了动物园。看到真老虎后，老大娘都大失所望，异口同声地说："动物园里的老虎不像老虎，我们剪的老虎才像老虎。"

我们画的这些老虎，基本上与老大娘剪的老虎属于同类，属于自我认为像老虎的老虎。

第十一页

我们都属老虎

　　说起虎的生肖，我们俩都很自豪，因为俺俩都属老虎，三番五次地告诉大家："俺俩人属老虎，一个公一个母。"

　　每个人对自己所属的生肖都有一种特别的关爱，我们也是如此。在十二个生肖中，我们最喜爱的就是凶猛的大老虎。

三、虎的

　　翻开第十一页，你会看到一只红色的猛虎。我们用红色画虎，是喜欢它的吉庆，就像本命年系红腰带一样，吉庆心安。图的底色，用了金黄撒金宣纸，金黄色的纸上，还闪着点点金光。左右两旁有两个半圆半方的印章，为装饰之用，剪刻的是"生肖"两个篆字，此字各有半边，左右合在一起才能完整。印章之上有两行竖排篆字，是十二生肖的按序排列。

　　最后，请孩子们按顺序念一下生肖排列吧！子鼠、丑牛、寅虎、卯兔、辰龙、巳（sì）蛇、午马、未羊、申猴、酉鸡、戌（xū）狗、亥猪。

第十二页

生肖

（第十一页至第十六页）

记得小时候，大人们经常夸我们长得"虎头虎脑"。但也有苦恼，那就是要受不少约束。比如刚出生的小猫，我们不能去碰，甚至不能去看，据说小猫特怕老虎，见了我们这些属虎之人，也会吓得不吃不喝。所以，每当大猫叼着小猫从我们面前经过时，我们都要赶紧闭上双眼，直到大猫小猫离开了，才能睁开眼睛。虽受约束，但自豪仍然不减，我们总觉得自己真的像小老虎一样，比其他同伴有力气，我们的父母也很自豪，他们认为属虎的孩子体壮好养。

所以在第十二页里，我们专门画了一幅"虎爸虎妈笑口开"。虎妈已有孕在身，怀着将要出生的虎娃，虎爸陪伴在旁，两位满脸阳光灿烂，漫步在两棵石榴树前。这里要问大家一个问题了：为什么在这里画了两棵石榴树？是为了装饰画面，还是另有其它含义？小朋友们可以先数一数：画面里有几个石榴，几朵花？因为石榴和花的数字也是有讲究的。

13

画石榴和花，
究竟有啥含义？

石榴

说到石榴，大家肯定知道"榴开百子"这句传统吉语。其意是石榴子粒众多，是"多子"的象征，在我国古代是代表"多子多孙"的意思。石榴有"子粒饱满"和"子粒成熟"的喻意，人们以此比喻肚里的娃娃健壮结实。而"榴"与"留"又为谐音，有"留住保住"的含义。

我们特意画了四个石榴，取"四喜"之意。而在树干上画了六朵花，取"六六大顺"之意。将四个石榴与六朵花相加，有"十全十美"之意。"石"与"十"谐音，"花"为美之物，且石榴与花的总数为"十"，"十全十美"由此而生。在民间的绘画和工艺品中，经常会见到如此"讲究"。所以，我们索性也"讲究"了一番，让画面里多一些含义。

清代年画
《榴开百子》

14

第十三页

告诉大家一个好消息：虎妈肚子里的孩子出生啦！

是男孩还是女孩？（大多数人都会这么问）

男孩女孩都好，恭喜恭喜！（大多数人都会这样祝贺）

图中的虎娃被包在襁褓中。蓝印花布的小花被上，有两只头对头的下山小老虎，为什么是下山虎呢？咱暂且不讲，放在后面第十八页与"中堂虎"一起讲。虎娃身后有一只双头的虎头枕，还有一条双头的虎围巾，分别是姥姥和奶奶送来的礼物。

说说"双头虎"

前面第四页曾解说过"双身虎"的含义。这里咱们再说说"双头虎"。从外观上看，双头虎是为了制作工艺上的对称美观；从造型上看，双头虎的两端凸起，中间凹下，孩子正好将头放在中间凹处，翻身时不会使头滑到枕下，比较安全和舒适。除此之外，专家认为，双头虎与双身虎的含义相同，都是生殖崇拜的象征。如果你

仔细观察一下民间的双头虎枕，会发现：有的双头相同，差别不大；还有的两个虎头分别为一雄一雌，也就是人们常说的"一公一母"。这其中的含义是，孩子是父母交合而生，有生命延续不断之意。

布老虎

第十四页

　　虎娃家里来客了——虎娃的姑姑和舅舅来了。

　　因为单看家里摆放的礼物，就知道是谁送来的。

　　先看墙上挂的虎棉袄，再看炕上放的虎头帽，还有那一筐红皮煮鸡蛋（用品红色染的鸡蛋），一看就知道是姑姑送来的。而另一只筐的筐梁上挂着一双虎头鞋，筐子虽然是用花巾盖着，可不用看也会知道，筐里肯定是姥姥做的"老虎面花"。

舅舅还是远道而来呢，或许还需翻山越岭，要不他怎么会将虎头鞋挂在筐梁上呢。

泥叫虎

"抓周" 的回忆

　　画到这里，禁不住想起了儿时"抓周"的经历。听母亲讲，儿时抓周，正赶上六十年代初的三年自然灾害。家里很穷，没啥抓的，于是父母就在簸箕里摆上一支钢笔、一个算盘和一个馒头，说抓了钢笔长大后能当作家，抓了算盘长大后能当科学家。可孩子偏偏去抓馒头，父母二人大失所望，说看来咱家的孩子长大后只能挣碗饭吃，不会有大出息。想当年不光大人饿肚子，孩子肚里也是空落落（lào）的，不去抓那馒头才怪呢。四十多年后的今天，不免觉得当年抓周是很准的，因为当年抓周的孩子长大后，既没当上作家，也没当上科学家，而成了以画为生的画画之人——旧时被称为穷画家，现今被称为"苦行僧"，能给自己挣碗饭吃就算不错了。现今我们已快过半百了，对生活水准也没有更高的要求，只要能有口饭吃，能维持自己所喜欢的绘画事业，就心满意足了。

　　我们虽不迷信，却相信儿时的那次抓周。

第十五页

第十四页和十五页是能连为一体的，你发现了么？

我们在创作这两页时，首先想到的是胶东"看喜"的隆重场面。炕上摆满了各种礼物，屋里站满了亲戚朋友，热热闹闹，喜气洋洋。但我们的画面太小了，难以表现那么隆重的大场面。于是就将两幅图画合为一体，只画屋中的一角，只画几种有代表性的"看喜"礼品。

娃娃已经长大了许多，看样子快过周岁了吧。爸爸拿来了泥叫虎，双手一拉会咕嘎咕嘎地叫，这是山东高密聂家庄的泥叫虎，我们玩过，

现今家里还像宝贝似地收藏着一大堆。虎娃的妈妈拿来了虎香包，香包里放着艾草，艾草的香味飘满了屋。什么是艾草？咱先不讲，等与后面第二十一页的"艾虎"一起讲。

再看图中的虎娃：手持虎头香包，身穿红布虎肚兜，手腕和脚脖上戴着绿色玉镯，最好玩的是露着白白的小鸭巴（男孩的昵称），架势很像过周岁抓周的样子。

胶东风俗之"看喜"

"看喜"是我们胶东地区的重要习俗。即使是现今，"看喜"仍是人们不可忽略的重要民间礼俗，其范围已不局限于父母双边的直亲，甚至八杆子都打不到的远房亲友，也会前来"看喜"祝贺。不过，现今"看喜"送的礼物，已不限于传统的"老虎礼品"了，逐步被其它礼品玩具所替代，但红皮鸡蛋是必需的，不光乡间，城里也有此风俗。

老虎帽

"抓周"的习俗

"抓周"是中国传统习俗，婴儿周岁时，父母摆上各种物品，不做任何引导任其抓取，用来试探婴儿将来的志向、爱好等。

"抓周"

"抓周"物品：一般要在床（炕）前摆放大案，上摆：印章、儒释道三教的经书、笔、墨、纸、砚、算盘、钱币、帐册、首饰、花朵、胭脂、吃食、玩具；女孩则加摆：铲子、勺子（炊具）、剪子、尺子（缝纫用具）、绣线、花样子（刺绣用具）等等。

如果小孩先抓了印章，则长大以后，一定官运亨通；如果先抓了文具，则长大以后聪慧好学，金榜题名；抓算盘善于理财……反之，像贾宝玉那样"伸手只把些脂粉钗环抓来"（《红楼梦》第二回）的，恐怕多会被认作未来的"酒色之徒"。女孩如果抓剪尺或铲勺，则长大善于持家。

"对称对折对剪"的剪纸手法

正文第十六页的图用了对称的手法表现。作图时只画图的半边，然后把纸对折对剪，展开后即可得到一幅左右对称的图画来。图中的图形，除了肚兜上的那只小老虎之外，余下的所有图形都是用对称对折对剪的手法完成的。

来戴虎头帽

1. 剪下这顶虎头帽

2. 剪下一张照片，脸部大小和虎头帽相配

3. 这顶帽子适合你吗？

第十六页

看到此页，我们顿时眉开眼笑。

好一个威风的虎娃！你瞧他：头戴虎头帽，身穿虎肚兜，脚踏虎头鞋，身下还骑着一只大老虎。更让人惊奇的是，虎娃竟然坐在了猛虎的额头上，那是何等的胆量？

再看此页的文字："虎娃一身虎打扮，虎娃名称不虚传，人说虎虎有生气，人称虎娃不一般。"

用大红色作底色，是为了营造一种吉庆的画面效果。红色是我国最常见、也是最常用的吉庆色，所以又有"中国红"之称。

四、虎的信仰
（正文第十七页至第二十页）

第十七页

一个三口之家。

一家三口齐刷刷地站在院门的内侧，像是开门迎客，也像门内送客。不管是迎客还是送客，都不是这幅图画的主题，此图的主题是那幅贴在院门上的《镇宅神虎》年画。

《镇宅神虎》年画说两句

《镇宅神虎》是民间最常见的木板年画，这种年画通常是贴在住宅的街门上，也称门画，与春节贴的"门神"年画有些类似。众所周知，我国的民间木板年画分布很广，几乎遍及全国各地，并出现了四大年画产地，分别是天津的杨柳青、苏州的桃花坞、潍坊的杨家埠和河北的武强，题材也多是门神、灶神、财神、戏曲故事、大胖娃娃等，而虎的题材更为多见。如河北武强的年画，就是以老虎、狮子、大花瓶著称；陕西凤翔有娃娃骑虎的小门画；福建漳州有虎守聚宝盆和五虎组成的《五福图》；江南还盛行张天师、赵公明骑虎的门画；更有趣的是潍坊杨家埠的《山林猛虎》年画，画了一只下山猛虎，旁边还领着一只小虎崽，有一种温馨感。山东民俗专家谢昌一先生曾收集过一首《年画卖唱歌谣》："大老虎，小老虎，你买了去，贴家屋，大人看了不生病，小孩看了他不哭"。

可见《镇宅神虎》在民间有着很重的份量，它能给人们带来心理上的安全感，能给大人孩子带来欢乐，甚至还有祛邪纳福之神力。

第十八页

我国旧时称正屋为"堂屋"，"中堂"就是堂屋正中的位置。而在此位置挂的画则称为"中堂"。所以，"中堂"有两个含义：一是位置的名称，二是画的名称。

旧时，无论是大户人家的宽门大宅，还是平民百姓的简陋寒舍，都喜欢在家里挂一幅《镇宅神虎》的中堂画。中堂画大致分为两种：一种是用宣纸画的水墨画，也就是现在咱们称的"国画"。这种画比较高雅，绘者多为名人高手，而且装裱华贵费用较高，通常是大户人家才挂得起。还有一种是用薄纸印的木板年画，与前页说的门画近似，这种年画是印在"粉连纸"上，纸薄且价格便宜，不用装裱，回家直接贴在墙上即可，几毛钱一张，每年更换一张。中堂的两旁再贴上一幅对联，屋里马上就会蓬荜生辉。

"中堂"所画的内容很多，有山水、花鸟画，也有仕女人物画，而《镇宅神虎》占的比重很大，特别是木板年画，《镇宅神虎》几乎成为"中堂"的代称。

为什么画的总是下山虎？

我们曾仔细观察过各种《镇宅神虎》中堂，从中发现了一个小秘密，那就是不管是水墨中堂，还是年画中堂，所画的老虎都是下山虎或坐虎，极少见到上山虎的踪影。

记得少年时在老家，也曾为亲戚朋友画过中堂，各位亲朋都要求画一只下山虎或坐虎，问起原由，他们也说不清楚。

大家是否还记得，在前面第十三页里的小花被上，也是两只头对头的下山虎？

我们觉得这种现象肯定是有讲究的，但翻遍了家中所有的书籍和资料，还是没找到答案。于是，我们凭自己的猜测作出如下推理：下山虎有"老虎下山"之意，老虎下山了，才能走进百姓家，才能为百姓镇宅保平安；而上山虎则有"老虎上山"之意，老虎上山了，就离开百姓家了，就不能为百姓镇宅保平安了。至于坐虎，那就更是稳坐泰山了，在百姓家中坐着不走了。以上推理，只是我们自己的猜测而已，也不知是否正确？

第十九页

在民间木板年画中，除了《镇宅神虎》之外，还有一种《守宝神虎》，与《财神》年画近似。民间认为，这种年画能给人们带来财运。

《守宝神虎》年画的品种很多，有双虎守宝图，也有单虎守宝图。图中除了画着虎神之外，还画着一个盛放宝物的聚宝盆，盆内有金钱元宝，还有宝珠火苗，盆外画有珠翠珊瑚等财物，象征财物丰多，生活富裕。

关于聚宝盆、财神爷和善人

武财神与文财神

民间流传着很多有关聚宝盆的传说故事，其中有这么一段，说旧时南京有个叫沈万三的人，家里有一个聚宝盆，放进点东西，第二天就会得到满满的一盆。但别人拿去试却不灵验。这事被那明太祖朱元璋知道了，拿到官中试之，也不灵验，便把此盆还给了沈万三。

如此看来，这聚宝盆也不是对所有人都灵验的。记得民间曾流传过一句"财神爷"的名言："你也求，他也求，给谁是好？"民间认为，无论是聚宝盆还是财神爷，他们的财宝不是取之不尽的，也是有一定数量的，只有心地善良之人才能修得财运。所以，民间有"善人有善报，善人财运到"的观念。

这种观念虽老，却对今人也有教育意义。

《守宝虎神》年画说两句

《守宝虎神》年画中，除了有聚宝盆的图形，还配有其它图案及文字，如凤翔年画中有四季花图案，意为"四季发财，四季平安"；武强年画中有两首歌谣，一首是："镇宅神虎多清静，当朝一品封兽王，不立深山和松林，持守金银聚宝盆"；另一首："猛虎雄威借山林，哮吼如雷惊鬼神，始皇敕封山王兽，持守广镇聚宝盆"。苏州桃花坞的年画《金虎图》则更为直接了当，干脆在虎的身上画满金钱，就连虎的尾巴也不放过，整条尾巴是用一串铜钱组成，如此这般还不过瘾，干脆让虎的四只爪子分别踏着金钱、宝珠、鹿角、方胜四种宝物，这是一只名符其实的"富贵虎"。

《守宝虎神》年画与其它年画一样，要贴在适当的位置上。这种年画通常是贴在米缸或钱柜上，以此期望虎能为人们守住财宝，并为人们带来财运。

大家千万不要误解，这里只是讲述一种信仰文化，与迷信毫无关联。况且我们借鉴了很多木板年画的构成元素，又加进了一些年画中没有的元素：十二枚铜钱，代表着一年十二个月，意为"月月有钱，年年有运"；右下角剪刻的两枚粉红色的篆字图章：一枚为"守"，一枚为"宝"；虎口中含有铜钱，"虎咬金钱牢又牢"——全为吉祥含义。即使是现今，人们也是喜欢这些带有吉祥含义的词汇和口彩。

此图还特意选了一种有祥云吉鸟纹样的绫子纸作底色，力图衬托出一种祥和富贵的画面效果。

神虎图

第二十页

右边那位红脸骑红虎的是道教创始人张天师；左边那位骑黑虎的是赵公元帅赵公明，他们都是旧时民间百姓尊崇的神人。二神的形象被人们印成年画或门画贴在家中或门上，以镇宅祛邪和纳福招财。

赵公明是武财神

赵公明为道教中的神明，是一虚构人物。《三教源流搜神大全》说："赵公明，终南山人。自秦时避世山中，精修至道，功成，钦奉玉帝旨召为神宵副元帅。头戴铁冠，手执铁鞭，面黑而胡须，骑黑虎，驱雷役电，唤雨呼风，除瘟剪疟，保病禳灾，元帅之功莫大焉。至如讼冤伸抑，公能使之解释公平；买卖求财，公能使之宜利和合。但有不公平之事，可以对神祷，无不如意。"

如此看来，赵公明的本事确实很大。并且他手下还有八王猛将、六毒大神、五方雷神、五方猖兵和二十八将。所以，后来人们把赵公明尊奉为财神，也是最为著名的武财神。

此页图画的构图，吸取了民间年画中门画的特点，左右呼应，造型近似而不同。如果用绘画术语说，可称之为"相对均齐"式构图。

张天师是何许人也?

张天师，原名叫张道陵，汉光武帝建武十年，生于天目山。他自幼聪明过人，七岁就通读了老子《道德经》，长大后隐居四川鹤鸣山。此后关于他的身世描写，就开始带有神话色彩了。先是修炼龙虎大丹，受神人指点，得到最高道术，能分身隐形，变化万千。后得太上老君面授机宜，炼成降魔法术，为民除害，为民祛灾。由于张道陵为民除害祛灾救活了数万人，这些人都要拜他为师，张道陵便把这些人组织起来，成立了道教。从此，人们称他为"张天师"。旧时，民间端午节有插天师艾和供天师符之俗。《燕京岁时记》云："每至端阳，市肆间用尺幅黄纸，盖以朱印，或绘画天师、钟馗之像，或绘画五毒符咒之形，悬而售之。都人士争相购买，粘之中门，以避祟恶。"

五、虎的民俗
（正文第二十一页至第二十九页）

关于虎的民俗，要从端午节说起，它有很多与虎有关的节俗。

毒月毒日

端午，时为农历五月初五，由于"端"的意思与"初"相同，而"五"字与"午"相通，故称之为"端午"。以端午节的时令来看，其时正值炎夏暑热、毒虫孳生、瘴气易生的季节，所以我国自古就称端午为"毒月毒日"，民间也就有了端午除毒的风俗。

那么，怎样来除毒呢？

JUNE						
日	一	二	三	四	五	六
		1	2	3	4	5
		儿童节	二十	廿一	廿二	廿三
6	7	8	9	10	11	12
芒种	廿五	廿六	廿七	廿八	廿九	五月
13	14	15	16	17	18	19
初二	初三	初四	端午节	初六	初七	初八
20	21	22	23	24	25	26
初九	夏至	十一	十二	十三	十四	十五
27	28	29	30			
十六	十七	十八	十九			

2010 年庚寅年
端午为阳历 6 月 16 日

艾虎除毒

人们首先想到了老虎，虎为百兽之王，山中的百兽都是老虎爪下的败将，更何况几只小小的毒虫，老虎一来，肯定会一扫而光。但真正的老虎是请不来的，怎么办呢？人们就想了一个好办法，用笔画一只大老虎，再用纸剪一只大老虎，然后往门上一贴，再往墙上一挂，那些毒虫就不敢进家了。

可人们心里还是不踏实。因为剪画的虎终归是"纸老虎"，只能把毒虫吓跑，却不能把毒虫灭掉。于是，人们又想到了艾草，艾草是一种药味很浓的药草，有很好的祛毒消毒药效，并且这种药草极易采到，满山遍野一片一片地生长。后来，人们便在门上贴虎图挂艾草，称之为艾虎。再后来，人们又把虎和艾草的图形剪画在一起，成为端午除毒的信物和符图。

第二十二页

这只老虎好厉害，五种毒虫脚下踩，张开大嘴含宝剑，斩虫除毒下山来。

它脚下踩的五种毒虫是：毒蛇、蝎子、蜈蚣、蜘蛛和壁虎。民间俗称"虎除五毒"。这五种毒虫确实挺吓人，我们儿时在山上经常见到。尽管儿时整天在山上皮打皮闹，但却特别提防有毒虫出没的地方。

特别是蜘蛛，它的种类很多，很难分辨出哪种有毒。大人们告诫说，红色蜘蛛千万不要去碰，让它咬上一口小命就没有了。此话不知是否当真，我们这些孩童却绝对牢记在心，见到那种张牙舞爪的红色蜘蛛，会远远地躲开。

受人欢迎的"喜蛛蛛"

但有一种很小的蜘蛛却不同，乡下称它为"喜蛛蛛"。喜蛛蛛个头很小，只有芝麻粒那么大。如果见到这种袖珍喜蛛蛛，大人孩子都会兴奋地喊着："喜蛛蛛，天上来，朝报喜，夜报财，下来下来快下来。"

由于喜蛛蛛总是拉着一根细细的丝线自上而下，似乎是从天而降，所以民间称之为"喜从天降"。

即使是现今，我们仍然很喜欢喜蛛蛛，偶尔在家中还能见到这种小蜘蛛，它们有时在阳台的花盆旁，有时还会爬到我们的画板上。特别是早晨起床后，如果发现了这种小蜘蛛，我们还会像儿时那样唱着"朝报喜，夜报财"的歌谣。

五毒图

五毒小传

其实呢，因为种类各异，并不是所有的"五毒"都有毒。虽然相貌丑陋，可是作为食物链上的重要一环，"五毒"大多以捕食蚊、蝇、蛾等昆虫为生，它们的存在有益于生态环境的平衡。蛇捕食老鼠，农家好帮手蟾蜍，更是害虫的天敌。另外，蛇毒、蟾酥、蜈蚣、壁虎、蝎子和蜘蛛都可入药。看来，大自然中的每一种生物，都是有它存在的意义的。

龙舟竞渡图

第二十三页

众所周知，五月端午是我国的一个重要传统节日，并有"江撒粽子祭屈原"和赛龙舟等节俗。而在我们胶东地区还有一些特别的节俗。

胶东风俗之"大小端午"

在胶东一带，五月端午被分为两个节日：一是五月初一小端午，二是五月初五大端午。小端午的节俗比较简单，好像是大端午的前奏，除了要蒸上一锅粽子外，最重要的是要在门上贴一幅艾虎剪纸。这种剪纸有两幅，初一先贴一扇门，另一幅要在初五大端午日出前贴上。这种节俗在蓬莱一带比较盛行，在其它地方则不普遍。

大端午之"拉露"、"采艾草"

到了初五大端午，可千万不能睡懒觉，要早早起床，全家出动齐上山。要赶在日出前到山上用露水洗脸洗脖子，乡下称为"拉露"，据说这样就不会生热痱子。然后在田野里拔上一扎艾草带回家，将艾草挂在门楣上，一挂就是一年，直到下年端午再更换。这种节俗不光在乡下盛行，在城里也是如此。

我们成年后已在城里居住了二十多年，仍然保持着儿时的端午节俗。今年端午节，我们特意起了一个大早，清晨四点就起了床，心想此时上山肯定很清静。可没想到，刚出家门就看到众多市民已从山上归来了，而且胳膊底下都夹着一大把艾草。我们不禁惊叹：他们起得也太早了吧！照此时间计算，他们清晨三点钟就已起床上山了。

城里人更讲究，不光采艾草，还要折一根桃树枝，与艾草放在一起，用红布条系紧挂在门楣上。城里还有很多上班族没时间采艾，那

也没关系，早市上可以买到。有人想得更周到，拉了一拖拉机的艾草进城，不用吆喝，一元钱一扎，一早晨的工夫全卖光了。

第二十五页

小女娃扎着两个小辫子，穿着虎头背带裤，摇摇摆摆地站到桌前，她妈妈用毛笔在女娃的额头上写了一个大大的"王"字，好丑。一个女孩子家，额头上写了个"王"字，像个小老太太。可是，人家小女娃可高兴啦，你看她咧着大嘴，乐得包不住牙。还有一只小猫，站在女娃的身后，也急着往额头上写"王"。

这也是端午节的一个节俗。端午之日，人们用雄黄在孩子的额头上写"王"，寓意孩子会像小老虎一样，虎虎有威力，吓跑毒虫，平安无事。

老虎额头为啥长了个"王"？

说起"王"字，或许大家已经发现，本书中的老虎额头上都有一个夸张的"王"字，且多为醒目的红色"王"。这有两种原因：一是因为真正的老虎额头上确实长着近似"王"字的斑纹；二是有"百兽之王"的寓意。

《说文解字》中有这样的注释："王，天下所归往也。"董仲舒说："古之造文者，三画而连其中谓之王。三者，天、地、人也。"孔子说："一贯三为王。""王"字的三个横划，上为天，下为地，中间为人。字义所谓王者，就是立于大地而上能通天的使者。老虎额头上写"王"由来已久，最早见于西周晚期的一对虎尊，可见人们自古就把老虎尊为上能通天的使者和神兽。所以，民间在娃娃额头上写"王"，那也就不难理解其含义了。

雄黄也可祛毒

那么，又为何要用"雄黄"来写"王"呢？

雄黄是一种矿物，成分是硫化砷，橘黄色，有光泽，可用来制农药，也可入中药。民间认为雄黄有祛毒之药效，并将雄黄泡进烧酒里，在端午节

雄黄

饮用。《白蛇传》里的白娘子，就是在端午节这天喝了雄黄酒之后，显了原形，变成了一条大白蛇，把那许仙吓死了，由此就把那个白娘子忙活得不得了，又是盗仙草救许仙，又是水漫金山勇斗法海老和尚，最终还被压在了雷峰塔下，要等"西湖水干，雷峰塔倒"才能出来。唉，老鼻子长的老掉牙故事，咱就不去细说了。记得小时候每次听这个故事都觉得那么悲壮，总想流泪。

说到这也就明白了：那"雄黄"连千年蛇仙白娘子都害怕，小小的五毒小虫还不吓得屁滚尿流？

第二十六页

这是一个温馨的家——

家里有爸爸妈妈和娃娃。

妈妈正在绣香包，爸爸盘腿抱娃娃。

娃娃坐在爸爸的膝盖上，嘴里叽哩呱啦不知说的啥？

爸爸的皮肤怎么那么黑，与娃娃和妈妈一对比，简直就是一个天上一个地下。皮肤黑白不重要，爸爸的力气很大，

他像一根大柱子，撑着这个家。

妈妈绣完虎香包，放进雄黄，又放进艾草，同时也放进了一串妈妈祝福的话。妈妈把香包戴在娃娃的胸前，同时又告诉娃娃：今天是端午节，咱要戴着香包上街耍。娃娃满脸的阳光，嘴里又是叽哩呱啦。

爸爸身边放着一杯茶，喝了一口又放下，爸爸告诉小娃娃，待会儿再给你额头上写个王，像只小老虎，咱啥也不怕。

床角放着一只布老虎，又吹胡子又瞪眼，就是不会开口讲话。家里那只小猫咪，跑到布老虎面前把性子耍。小猫对着老虎使劲儿地叫，人家老虎一言也不发。小猫偏和老虎较上了劲，它再不说话我就挠它。老虎还是不说话，一副王者风范不稀得搭理它。

妈妈一边嘻嘻笑，小猫老虎你看家，俺得上山把露拉。

第二十七页

我们作画的一天

画这张画的那天，我们起了个大早，好像是清晨四点半左右。天还没亮，楼前楼后没有灯光。

我们打开画室的灯，灯光很亮，有些刺眼。从箱子底下又翻出了一张绫子纸。此纸由于年代已久，纸已变脆，托裱起来很费劲。托裱前要用清水泡开，再用透明胶片托住，才能涂浆糊上板。那天之所以起了个大早，就是为了细

心操作这套复杂的工序。

　　此画的草图已提前画好了，绫子纸在板上需要两个小时才能干透平整。我们趁这段时间描样子分色。描好样子分好色之后，天已大亮了，敞开窗帘，可以在自然光下动手开剪了。室外的阳光真好，红彤彤，亮堂堂。

　　这幅画图的主纹也很亮堂，是选了一幅具有胶东代表性的民间剪纸"艾虎葫芦"作主纹，再用鲜亮的黄色纸剪成，放在有花纹的古旧绫子纸上，更显得黄灿灿，闪金光。

　　剪纸分上下两部分，上部分剪着一只蝎子，是"五毒"的代表，下部分剪着一个老虎头。一只猛虎和一只蝎子同在一个宝葫芦里，那蝎子肯定是插翅难飞了。葫芦外面还有一把宝剑和几片艾叶，组成了大名鼎鼎的"除毒三宝物"，即葫芦、宝剑和艾虎。

　　图画作好后，将画板竖在两米开外的地方，我们坐着小板凳，一边看画，一边喝水，再喘口气。

　　阳光已经西下，又到掌灯时分。

第二十八页

　　端午清晨天刚亮，一家三口起了床，爸爸赶早去山上，采艾拉露数他忙。

　　妈妈坐在镜子前，梳妆打扮细端详，妈妈头戴老虎花，这可急坏了小娃娃。娃娃爬到妈胸前，四腿并用向上爬，抓住妈妈的衣襟，伸手也要老虎花。妈妈摸摸娃娃的头，红唇一张笑哈哈："给你剃了一个光

头蛋，头上怎戴老虎花？"娃娃不听那一套，还是用力往上爬。

镜前来了一只小花猫，伸长脖子往镜里瞧，瞧了半天没明白，不知主人头上戴的啥？

咱在这里告诉它，主人头戴老虎花，端午之日戴此物，能把毒虫吓趴下。

小猫还是没听懂，咱就不用去管它。

又写一段顺口溜，顺嘴顺口说图画，这种方法不能多，只用三次就够啦，目前已经用两次，下页再用一次吧。

第二十九页

这是一个船上人家，船上坐着爸爸，船头站着娃娃，妈妈可能在船尾，画面太小看不见她。

咱们先来瞧瞧小娃娃，赤身裸体露着小鸭巴（男孩的昵称），头上戴着荷花叶，虎头葫芦身上挎。

娃娃背着葫芦是为啥？

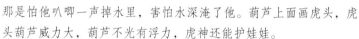

那是怕他叭唧一声掉水里，害怕水深淹了他。葫芦上面画虎头，虎头葫芦威力大，葫芦不光有浮力，虎神还能护娃娃。

咱们再瞧娃娃的爸爸，头戴草帽笑哈哈，捕了三条鱼儿不算大，一字排开船上挂。爸爸坐在船中间，看见船前有朵大红花。

娃娃让爸爸采花给妈妈，妈妈在船尾一个劲儿地夸娃娃。妈妈说娃娃真浪漫，长大肯定能当一位大画家。

爸爸听后接上话："诗人那才叫浪漫，画家只会呆在家里埋头画画。"娃娃一旁咧嘴笑，听不懂妈妈爸爸说的啥。

注意！背葫芦去水里玩有危险

　　在这里需要说明一点，图中娃娃背葫芦的风俗，只是旧时水乡人家万不得已的一种安全措施。而文中所说的虎神保护娃娃只是一种民间信仰而已。所以要告诉看过此书的小朋友们，千万不要背着一只葫芦就跑进水里去了，那样会很危险的。等以后长大了，学会游泳后，再去水里玩耍。

六、虎的寓言和神话
（正文第三十页至三十三页）

第三十页

"狐假虎威"出自《战国策·楚策一》：狐狸假借老虎的威风而吓跑了其它百兽，而老虎却蒙在鼓里，还真以为狐狸比自己更强大呢。

画这幅图的时候，我们曾构思了两个方案：一是画一片山林，从深林的深处走来一只老虎和一只狐狸，众多动物吓得抱头鼠窜；二是只为老虎和狐狸画一个大特写，那么其它动物哪里去了呢？全被老虎吓跑了。我们觉得后面这个方案更有意思，就选择了后者。

此时想起了一个笑话，说是外国有位画家，拿了一张白纸去参加画展，白纸上啥也没画，只在纸的下方写了一个题目叫《牛吃草》，别人问他："草呢？"画家说："让牛吃了。"别人又问："牛呢？"画家说："吃饱走了。"

虽为笑话，可也有启发：画画不能画得过于具体，要给观众留出一些想象的空间，但这个空间也不能漫无边际。

"狐假虎威"原文

《战国策·楚策一》

虎求百兽而食之，得狐。狐曰："子无敢食我也！天帝使我长百兽，今子食我，是逆天帝命也。子以我为不信，吾为子先行，子随我后，观百兽之见我而敢不走乎？"虎以为然，故遂与之行，兽见之皆走。虎不知畏己而走也，以为畏狐也。

第三十一页

"黔之驴"也是一个家喻户晓的故事：以前贵州一带没有毛驴，有人从外地买了一头毛驴回来。毛驴被拴在山下吃草，山中的老虎初次见到这个庞然大物十分畏惧，可经过静观和试探后发现，毛驴没啥本事，只会哇哇地叫几声，大不了再撒开后腿踢两下，草包一个。最终老虎把毛驴吃掉了。

这只老虎太聪明了，它不仅会细心观察和试探，还会理性分析和思考，从而得出了一个正确的判断，最终得到胜利。

故事虽已老掉牙了，可启发了好几代人。

《黔之驴》原文选读

出自柳宗元《柳河东文集·卷一九·三戒》

他日，驴一鸣，虎大骇，远遁，以为且噬己也，甚恐。然往来视之，觉无异能者。益习其声，又近出前后，终不敢搏。稍近益狎，荡倚冲冒，驴不胜怒，蹄之。虎因喜，计之曰："技止此耳！"因跳踉大㘎（hǎn，虎叫声），断其喉，尽其肉，乃去。

第三十二页

说起虎的神话，我们想到了屈原《楚辞·九歌》中的"山鬼"，那是一位骑着虎豹漫游于深山老林的美少女。

"山鬼"原来是个美少女

我们在创作这幅图之前，查阅了家中所有与山鬼有关的书籍和资料，想证实山鬼的坐骑究竟是虎还是豹。最终在一本台湾汉声杂志社出版的《虎文化》中找到了最详细的资料，此书将山鬼列为"少女型虎神"，书中资料如下：

神话传说黄帝还有个"密都"，在东边，就是现在河南省的新安县，名叫"青要之山"，由一位"武罗神"管理，她的形状是"人面而豹文"，细腰，白牙齿，耳朵戴着金环，风一吹像玉一样鸣响（《山海经·中山经》）。根据《山海经·中山经》所描绘的形象，袁珂认为像是屈原《楚辞·九歌》中的"山鬼"（袁珂《中国神话

传说》上卷）。历来画家们所画的山鬼，多是骑虎豹的裸体少女，披着薜荔做的衣裳，系着菟丝带子，怀着忧伤思念的心情在山中漫游。

我们按照上述的资料和自己的想象，画了一幅自己心目中的"山鬼"。画中的"山鬼"与虎为伴，长发飘飘，腰围绿叶，颈挂花环。

或许我们所描绘的山鬼形象及坐骑都与古籍上的描述有差异，但这个形象是我们心目中的山鬼形象，也算是我们的一种新创造吧。

《九歌·山鬼》原文选读（屈原）

若有人兮山之阿，被薜荔兮带女萝。既含睇（dì）兮又宜笑，子慕予兮善窈窕。

译文：仿佛有人经过深山谷坳，身披薜荔啊腰束女萝。含情流盼啊嫣然一笑，温柔可爱啊形貌娇好。

第三十三页

画完"山鬼"，我们又想到了另一位虎神，那就是《西游记》第四十六回中的虎力大仙。

虎力大仙与唐僧"云梯显圣"比法坐禅。两位各在由五十张桌子叠成的禅台上进行坐禅比法，唐僧的坐禅功夫很高，即使坐上两三日也会一丝不动。虎力大仙也很厉害，竟然与唐僧比了很久也不分胜负。虎力大仙的师弟鹿力大仙想帮师兄一把，拔了一根毫毛变作臭虫，去咬唐僧的脖子。孙大圣察觉后，变作一只蟭蟟虫飞到唐僧身上，把臭虫抓了下来，又帮师父挠了挠痒痒，随后又变作一条七寸长

的蜈蚣，爬进了虎力大仙的鼻孔眼里，虎力大仙又痛又痒，实在忍不住了，一个筋斗翻将下去，几乎丧命。唐僧获胜。

《西游记》原文选读

第四十六回　外道弄强欺正法　心猿显圣灭诸邪

行者（孙悟空）暗想道："和尚（此处指唐僧）头光，虱子也安不得一个，如何有此臭虫？想是那道士弄的玄虚，害我师父。哈哈！枉自也不见输赢，等老孙去弄他一弄！"这行者飞将去，金殿兽头上落下，摇身一变，变作一条七寸长的蜈蚣，径来道士（虎力大仙）鼻凹里叮了一下。那道士坐不稳，一个筋斗翻将下去，几乎丧了性命，幸亏大小官员人多救起。国王大惊，即着当驾太师领他往文华殿里梳洗去了。行者仍驾祥云，将师父驮下阶前，已是长老得胜。那国王只教放行。

七、虎的谚语、成语、歇后语

（正文第三十四页
至第三十九页）

有关虎的谚语、成语、歇后语有很多，本书只选了几条作为代表。

第三十四页

古人说，两虎相斗必有一伤。正当两虎斗得天昏地暗、你死我活、两败俱伤时，却不知，山后还藏着两个猎人，猎人手握钢叉藏

在山后，似乎在说："别着急，让它们再斗一会儿。"只等两只老虎斗得趴在了地上，甚至连招架之力都没有了，两个猎人就可以擒虎下山了。

这正是："今两虎诤人而斗，小者必死，大者必伤，子待伤虎而刺之，则是一举而兼两虎也。"——《战国策·秦策二》。

第三十五页

　　平川是指地势平坦的平原地带。自古就住在山上的老虎，一旦离开藏身的深山，而落在平地里，它的能力就无法施展了。清代小说《说岳全传》就有"虎落平川被犬欺"的句子。

　　我们在画这幅图的时候，选择了一个极为常见的"狗撒尿"的动作：一只小狗把一条后腿踏在老虎身上，撒了一泡狗尿；老虎一脸的悲痛状，像在委屈地哭诉："你尿我身上了。"小狗似乎在说："这是我的地盘，不许你趴在这里。"

狗撒尿，占地盘

　　狗撒尿的动作很常见，以前我们不知道它是在占地盘，只以为狗的尿太多了，一路不停地尿，墙角、树根、电线杆下，只要有个垂直于地面的物体，狗都会跷起它的后腿尿上几滴。后来才明白，那是为了占地盘。可这个地盘占得毫无意义，同一个墙角或电线杆下，会有好几只狗来此占地盘，一早晨的功夫，陆陆续续有十几只狗都在此作后腿一跷的动作。这个地盘究竟归哪只狗所有，也许狗也不知道。

　　此图中的狗更厉害，把地盘占到人家老虎身边来了，那不是欺负人家是什么？

第三十六页

《战国策·魏策二》："夫市之无虎明矣，然而三人言而成虎。"是说几个人谎报市上有虎，使以为真。也比喻谎言经众人传播，则会惑乱视听，令人分辨不出真假。

"谈虎色变"出自宋《二程全书·遗书二上》，原指被虎咬过的人才真正知道虎的厉害。后来则比喻一提到可怕的事情，精神就紧张起来，吓得脸色都变了，有俗语称："脸都吓绿了。"

第三十七页

"虎口逃生"，顾名思义，就是从老虎的口中保住了性命。元杂剧《朱砂担》一折："我如今在虎口逃生，急腾腾，再不消停。"从老虎的嘴里保住了性命，不"急腾腾"才怪呢，哪还能消停？

此页图中，我们画了一只小松鼠作"虎口逃生"状。大家肯定会想起另一首童谣："一二三四五，上山打老虎，老虎没打着，打着小松鼠。"这只小松鼠虽逃出了虎口，后面还有更大的危险呢。

此页的文中还有"虎口拔牙"、"放虎归山"和"与虎谋皮"等成语，没在画面中表现。

第三十八页

歇后语"老虎拉车——没人赶",巧妙地运用了"赶"与"敢"的音同义不同,形容没人敢于承担重任。

我们在此图的背景上写了六个字:"我拉车,谁来赶?"似乎拉车的老虎在盼着有人来赶它拉的车。可谁有那个胆量呢?

还有一句"老虎头发——没人理",与前者有些相似。

第三十九页

一位老画家站在画架前挥毫画虎,有只小猫乖乖地蹲在红木椅子上当模特。椅子背上挂着一条鲜鱼,那是一个诱饵,如果没有这个诱饵,小猫或许早就撂挑子不干了。

此页还有三个歇后语没在画面中表现,下面作以简单注释。

"虎逮耗子——不择食"是比喻在急于解决问题时,却顾不得选择最佳的方案。

"老虎屁股——摸不得"是比喻不能触犯。

"骑在虎背——不由己"是指由不得自己作主。

第四十页

这是本书的最后一幅图。

虽然只有四十幅图文，我们却用了好几个月来创作。还好，只剩下最后一幅了，再疲惫也要坚持到底，也要作一个好看的句号。

我们觉得这幅图既要与
前面的图画保持连贯，又要
有变化，为读者留出一些延
伸的想象空间。所以我们抛
开了传统剪纸的构图方式，
也抛开了常用的"适合纹样"
式的构图，采用了水平线和
垂直线的分割方法，画了一
幅横平竖直的图画。这种构
图在我们的版画里经常出现，
可在剪纸里则用得较少。

妈妈和娃娃的造型仍然沿续，但背景却有了改变——由于我们
特别喜爱艺术大师马蒂斯的剪纸艺术，所以背景借鉴了他的剪纸风
格，作了一幅抽象的剪纸装饰画。

本页背景图

［法］马蒂斯《一千零
一夜》局部，1950 →

44

我们喜欢的绘画大师马蒂斯

　　亨利·马蒂斯（1869—1954）是法国二十世纪的绘画大师，野兽派最重要的代表人物。为什么称之为"野兽派"？其实"野兽派并不是一个组织，也并不是通过发表宣言之类而自称为野兽派的。因为他们的绘画，不论在造型还是运用色彩上都越出了当时西方绘画的常规，所以，这些画家被当时的批评家嘲讽为'像一群野兽一样凶猛地包围着一件古典作风的雕塑'，野兽派即由此而得名"。（引自《美术鉴赏》205页）

　　多年前，我们曾见过一幅马蒂斯晚年创作剪纸的照片。他坐在轮椅上，用一根长杆将各种剪纸图形铺天盖地地粘在墙上，那场面特别壮观，令人震撼，使我们多年不忘……马蒂斯本来是银行职员，二十岁才开始学习绘画，从最初的现代写实主义画作，迈向野兽派，跨越了绘画、雕塑、装饰等领域，一直到最后涂上树胶水彩的剪纸艺术，其旅程横跨了六十年之久，而我们最喜爱的，还是他晚年的剪纸艺术。

　　写到这里，这篇小文也该结尾了。啰啰嗦嗦地说了一大堆，如果说得不好，大家别见怪。因为俺们说过：画，作者是不能自己去解释的，应该给观众留出一些想象的余地。咱下不为例。

　　（2009年10月10日写于烟台芝罘）

［法］马蒂斯油画《蓝衣女人》。马蒂斯的作品追求形式感，有时候与儿童画十分相似。

致谢

我们要特别感谢北京步印文化的编辑，这本小书从策划到出版可以说一波三折，如果没有她们的执着精神，或许早就搁浅了。

感谢儿童教育专家薛瑞萍老师，感谢台湾民俗学者王秋桂教授，感谢台湾汉声杂志黄永松先生，感谢台湾远流出版社王荣文先生，感谢所有关心这本小书的读者朋友们。

我们在创作《虎年的礼物》(《画说寅虎》) 及写作《画里画外》的过程中，曾参阅了多种书籍和文献，在此将其书目列出，并向诸位专家作者表示衷心的感谢！

参考书目如下：

穆子敏、方舟主编：《生肖珍闻语词大观》，蓝天出版社1990 年版。

曹振峰著：《虎文化》，台湾汉声杂志社 1998 年版。

张道一著：《美哉汉字》，台湾汉声杂志社 1996 年版。

靳之林著：《抓髻娃娃》，中国社会科学出版社1989 年版。

卢延光绘画、吴绿星编文：《中国一百神仙图》，新世纪出版社 1990 年版。

马书田著：《华夏诸神》，北京燕山出版社 1990 年版。

乔继堂著：《中国崇拜物》，天津人民出版社 1991 年版。

杨先让、杨阳编著：《中国乡土艺术》，新世界出版社 2000 年版。